NOTICE

SUR

MULLNER.

(1) On souscrit, pour ce Recueil, dont il paraît un cahier de quatorze feuilles d'impression tous les mois, au BUREAU CENTRAL D'ABONNEMENT, chez Sédillot, Libraire, *rue d'Enfer-Saint-Michel*, n° 18. Chaque cahier se compose de quatre sections :

I. *Notices et Mémoires* sur des objets d'un intérêt général.

II. *Analyses* d'ouvrages choisis, 1.° *Sciences physiques ;* 2° *Sciences morales et politiques;* 3• *Littérature et Beaux-Arts.*

III. *Annonces bibliographiques* d'ouvrages nouveaux, classés par pays, et dans chaque pays, par science.

IV. *Nouvelles scientifiques et littéraires.*

Prix, à Paris, 46 fr. pour un an ; dans les départemens, 53 fr., et 60 fr. pour les pays étrangers.

NOTICE

SUR

MULLNER.

———

Adolphe **MULLNER**, qui vient de mourir d'apoplexie à l'âge de cinquante-cinq ans (1), était l'un des auteurs dramatiques les plus distingués de l'Allemagne, et en même tems l'un de ses Aristarques les plus habiles et les plus sévères.

Né, le 18 octobre 1774, à Langendorf, près de Weissenfels, il commença son éducation dans l'école de cette dernière ville. Le chef-d'œuvre de Wieland, *Oberon*, qui tomba entre ses mains lorsqu'il était à peine âgé de onze ans, devint sa lecture favorite, aux dépens d'études qu'il trouvait arides. On a souvent considéré de pareils traits comme le signe certain d'une vocation décidée : rien ne semble plus naturel cependant que de voir un écolier préférer Voltaire à son rudiment ; et tel s'est rendu coupable du fait qui n'est pas devenu pour cela un grand poëte. En 1789, le jeune Müllner entra à l'école de Pforta, où les mathématiques l'occupèrent beaucoup. Schmidt, son professeur, faisait en outre un cours de poésie allemande, où il s'attachait principalement à développer les règles subtiles de la prosodie. Müllner s'éprit d'enthousiasme pour le mécanisme de la versification, non pour la poésie ; le sujet de ses

———

(1) Müllner est mort, le 11 juin 1829, à Weissenfels, où il avait depuis long-tems établi sa résidence.

premiers chants en fait foi. Ce fut : *La Génération de la courbe elliptique formée par le mouvement des planètes.* Il était alors dans sa seizième année. Ce goût pour la partie matérielle de l'art, dans laquelle il atteignit par la suite un haut degré de perfection, ne s'éteignit pas chez lui : devenu journaliste, sa plume, peu indulgente, déclara une guerre à outrance aux dactiles et aux spondées qui avaient le malheur de n'être point irréprochables.

Les essais poétiques du jeune mathématicien n'obtinrent pas l'approbation de ses maîtres, ce qui ne l'empêcha point de continuer à s'y livrer : le jugement d'un homme véritablement compétent eut plus d'influence sur son esprit. Il voyait quelquefois, dans la maison paternelle, le célèbre poète *Bürger*, dont sa mère était la sœur : celui-ci, ayant un jour, dans une réunion, récité sa ballade de *Lénore*, avec tout le feu qui lui était propre, remarqua la vive impression qui se manifestait chez son neveu ; il le prit en affection et lui donna des conseils sur ses travaux. Müllner, heureux de rencontrer un semblable guide, lui envoya à Goettingue plusieurs opuscules, parmi lesquels se touvait une traduction de l'ode d'Horace, *à la fontaine de Blandusie.* Bürger lui écrivit à cette occasion : « Je te l'avoue de bon cœur, à ton âge je n'étais pas aussi avancé ; mais je pense que celui qui, dans toute la force de la jeunesse, peut consacrer tant de peines et de soins à la traduction d'un poème étranger, doit rarement avoir beaucoup d'inspiration naturelle. » Un arrêt aussi rigoureux accabla le jeune Müllner, qui cessa tout commerce avec les muses : ce respect pour l'opinion d'un homme supérieur est sans doute le témoignage d'un bon esprit ; toutefois, si cette opinion avait été complétement injuste, n'eût-elle pas rencontré, dans les insinuations de *l'influence secrète,* un ferment de révolte plus puissant encore ? Quoi qu'il en soit, la lecture et la représentation, sur le théâtre de Leipzig, des ouvrages de Schiller et de ceux de Shakespeare, traduits pour la scène allemande par *Schroeder,* réveillèrent plus tard sa verve découragée.

(5)

Müllner se maria en 1802, exerça avec distinction la profession d'avocat à Weissenfels, obtint le titre de docteur en droit et publia, en 1804 et 1812, deux écrits sur la jurisprudence. Le premier a pour titre : *Soixante réflexions de Modestinus sur le projet d'une nouvelle organisation judiciaire pour la Sare électorale* (Greitz, 1804 ; Hennig). Le second, inspiré par le sentiment de dégoût que faisait naître en lui la manière de procéder des *machines à sentences*, est un *Traité général des décisions judiciaires* (Leipzig, 1812.)

Les événemens de 1806, si importans pour les destinées de l'Allemagne, fournirent à Müllner l'occasion de se livrer à l'étude de la langue française, à laquelle il avait été jusqu'alors étranger, et qu'il parvint à posséder assez parfaitement pour faire passer dans la sienne la *Mérope* de Voltaire : ses compatriotes placent cette traduction, dont la fidélité est remarquable, à côté de celles de *Mahomet* et de *Phèdre*, par Gœthe et Schiller.

Un théâtre de société, qui s'établit par ses soins à Weissenfels, en 1810, et sur lequel il s'exerça lui-même, fit de Müllner un auteur comique. Toutefois, ses premiers essais, ainsi que la plupart des ouvrages de ce genre qu'il composa postérieurement, sont des imitations d'originaux français, auxquels il n'ôta rien de leurs grâces et de leur enjoûment, mais qu'il dota souvent de plus de force et de nouveaux traits d'esprit. Le sujet du *Chat angola* est puisé dans un conte spirituel de M. *Andrieux*(1), intitulé : *Les fausses conjectures ou l'Observateur en défaut ; le Retour de Surinam* est emprunté à Voltaire (*La femme qui a raison*). *Le Séducteur amoureux* de M. *Delongchamp* a servi de modèle à *La dangereuse épreuve* (Die Zweiflerin, oder die gefährliche Prüfung). *Les confidens* (die Vertrauten), dont plusieurs scènes semblent

---

(1) KOTZEBUE avait déjà traité le même sujet, à sa manière, sans en indiquer la source ; mais les allusions voilées par M. ANDRIEUX sont devenues, dans *le Chat et le Rosier*, de grossières équivoques.

également imitées d'un opéra français (*les Confidences*) eurent un grand succès sur le théâtre de Vienne. Cette dernière comédie, la plus estimée parmi celles de l'auteur, réalise tout ce que ce genre pouvait devenir sous sa plume. On chercherait en vain, dans la comédie de Müllner, l'observation des mœurs ou la peinture des caractères ; tout y est factice ; mais elle se distingue par des combinaisons ingénieuses, par la perfection des détails, par un dialogue vif et abondant en saillies, dont la gaîté est cependant moins franche que satirique.

Lorsque la petite société dramatique de Weissenfels eut acquis quelque consistance, elle voulut faire un essai dans le genre tragique, par la représentation du *Vingt-quatre février*, de WERNER. L'étude de cette composition, où domine le principe de la fatalité, fit réfléchir Müllner sur les caractères qui distinguent le drame antique et le drame moderne ; elle lui inspira, en 1812, son premier ouvrage tragique, *Le Vingt-neuf février*, pièce en un acte, comme celle de Werner, mais inférieure à son modèle sous plusieurs rapports, et dont le nœud repose sur une conception bizarre, où l'on reconnaît l'étudiant en mathématiques bien plus que le poète. Croirait-on, en effet, qu'on a pu sérieusement représenter l'Être éternel abandonnant à l'influence diabolique un jour intercalé par les savans, pour la commodité du calcul, dans les années bissextiles ? C'est bien en vain que l'auteur a tenté d'effacer le ridicule de cette donnée, en rappelant, dans sa préface, l'ancienne superstition, qui attribuait aux esprits infernaux une grande activité pendant les jours supplémentaires ajoutés pour la division du tems, et en plaçant ces paroles dans la bouche d'un de ses personnages : « C'est un mauvais jour dans l'année, je ne cesse de le dire : ce n'est pas un jour donné par Dieu, mais une œuvre de la folie humaine, qui nous vient de Rome. »

Walter Horst, le héros du 29 février, découvrant qu'il a épousé sa propre sœur, fruit mystérieux d'une faiblesse criminelle de son père, enfonce un couteau dans le sein du fils né de leur union, et va ensuite se livrer lui-même à l'échafaud.

L'horreur d'un tel dénoûment ne permit pas de l'offrir aux yeux des spectateurs, et la censure de Vienne ne voulut point autoriser la représentation d'une pièce où les crimes les plus odieux, l'adultère, l'inceste et l'infanticide sont accumulés, comme à plaisir, dans quelques scènes (1). Cependant, des directeurs de théâtres, qui regrettaient de voir le public privé d'un ouvrage où brillent des beautés du premier ordre, engagèrent l'auteur à changer sa *péripétie de mal en bien*, ainsi qu'il le raconte dans un avertissement justificatif. Il y consentit, et transforma sa tragédie en un drame intitulé : *der Wahn*, (*l'Illusion*, ou, plus exactement, *la Croyance*, *la Conjecture*), au moyen d'un incident dont la maladresse est assez habilement dissimulée par les détails. Au moment où le malheureux père frappe d'un couteau son fils qu'il élève dans ses bras, l'arme meurtrière trouve une résistance inattendue ; ce sont des papiers de famille que l'enfant était chargé de lui remettre, et d'où résulte la preuve que Walter Horst n'est point, ainsi que de fausses apparences semblaient l'indiquer, le frère de son épouse. De là, occasion d'en prendre connaissance, et catastrophe heureuse, de sanglante qu'elle était. Bien qu'à notre avis ce soit une louable tentative que celle d'éloigner des yeux le tableau de forfaits dont la pensée suffit pour nous révolter, on ne peut néanmoins se dissimuler que la composition de Müllner ne fût plus parfaite sous sa première forme ; nous dirons même qu'elle était plus satisfaisante pour l'esprit du spectateur, puisque l'accomplissement du meurtre n'étant suspendu que par une circonstance indépendante de la volonté de son auteur, le Walter Horst de l'*Illusion* est aussi coupable que celui du *Vingt-neuf février* : la seule différence est que ce

---

(1) La même prohibition fut prononcée par la police de Saint-Pétersbourg : elle subsiste, dit-on, encore ; mais l'auteur, apprenant qu'elle atteignait avec lui *Gœthe, Schiller* et *Lessing* (la représentation de *Don Carlos*, de *Wallenstein*, de *Nathan le Sage* et d'*Egmont* est défendue), déclara qu'il s'estimait heureux d'être interdit en si bonne compagnie.

dernier trouve son châtiment, tandis que l'autre demeure impuni. Au reste, Müllner a senti mieux que personne les reproches qui pouvaient lui être adressés, et son amour-propre de poëte, en faisant un sacrifice, a voulu du moins en prendre acte par le choix de l'épigraphe suivante :

> Le public est le maître, il faut bien le servir ;
> Il faut, pour son argent, lui donner ce qu'il aime.
>
> VOLTAIRE, d'après LOPEZ DE VEGA.

Malgré les défauts que nous venons de signaler, on a traduit en vers anglais l'*Illusion*, en conservant au drame le titre donné primitivement à la tragédie (1).

L'apparition du *Vingt-neuf février* fit sensation en Allemagne ; elle révélait un poëte tragique dont le talent était incontestable, mais dont les doctrines littéraires trouvèrent de nombreux contradicteurs. Son style fut loué généralement ; et il est vrai de dire que l'emploi du trochée dans les vers, idée à laquelle Müllner fut probablement conduit par l'admiration qu'excitaient alors au-delà du Rhin les drames de Calderon, admiration méritée par la richesse de leur poésie, mais qui s'étendait jusqu'aux détails de leur forme, contribua pour quelque chose au succès de son ouvrage, en lui prêtant une couleur inaccoutumée. Cependant, l'ouvrage lui-même, dans ce qu'il avait de plus essentiel, sa tendance morale, fut l'objet de nombreuses critiques, que nous aurons occasion d'examiner tout à l'heure, en parlant d'une autre tragédie de Müllner. Un jeune homme, enlevé bientôt après à la littérature, qu'il eût sans doute enrichie, parodia d'une manière spirituelle en même tems que profonde le genre annoncé par *le Vingt-neuf février*, genre que l'auteur poussa plus tard jusqu'à l'abus. Les prophéties, les anniversaires, les songes réalisés, tout cet attirail de mysticisme, destiné à frapper vivement les ima-

---

(1) *The Twenty-Ninth of February.* (Voyez *Blackwood's Edinburgh magazine*, n° XXXIV, janv. 1820.)

ginations, manque tout-à-fait son but, lorsqu'il est prodigué, même par une plume habile. Cette parodie, intitulée : *Eumenides Düster, tragédie à la façon d'Adolphe Müllner, par Louis* Stahlpanzer, a mérité d'être insérée à la suite de l'original travesti, dans l'édition des *œuvres dramatiques* de Müllner, qui la recommande lui-même, comme *poudre tempérante*, après la lecture de ses tragédies.

La pensée de choisir pour thème d'une composition les remords d'un couple incestueux paraît avoir dès long-tems occupé Müllner : on assure que, quinze ans auparavant, à peine au sortir des bancs de l'école, il écrivit un roman, publié en 1799, sous ce titre : *l'Inceste, ou le génie tutélaire d'Avignon;* malgré ses désaveux, on continue assez généralement à le lui attribuer. Il n'en est pas de même du *Bourreau de Drontheim, ou la nuit du 13 décembre,* autre roman que son éditeur assure, dans une préface, avoir traduit sur un manuscrit de Müllner. Celui-ci a déclaré dans les journaux être complétement étranger à cet ouvrage, et il est difficile d'en douter, lorsqu'on s'aperçoit qu'il y règne une confusion bizarre entre *le Vingt-neuf février* de Müllner et *le Vingt-quatre février* de Werner, tragédie dont la fable a évidemment servi de modèle à celle du roman.

Le Vingt-neuf février procura à son auteur la connaissance d'*Iffland,* qui l'engagea vivement à entreprendre un ouvrage d'assez longue haleine, pour remplir une soirée théâtrale. Müllner, à cette époque, était préoccupé d'une question soulevée par *Édouard Henke,* dans son écrit sur la théorie de la pénalité; savoir : *s'il n'y a pas des êtres criminels dont l'existence morale ne saurait trouver de salut qu'au prix de l'existence physique,* et auxquels soit applicable cette réflexion de Sénèque : *Ingeniis talibus vitæ exitus remedium est, optimumque est abire ei, qui ad se nunquam rediturus est.* Cette circonstance lui suggéra l'intention fondamentale de sa seconde œuvre tragique, *die Schuld,* que M. *de Saint-Aulaire* a traduite en français, sous le titre de *l'Expiation,* qui, sans être littéral, rend parfaitement la pensée de l'auteur : elle l'a été deux fois en anglais, par *W. E. Frye* (1) et par *Gillies*, poète écossais, auteur de *Childe Aharique* (2), et depuis dans presque toutes les langues de l'Europe : une traduction hongroise de M. *de Doebrentei*, publiée en 1821, a réussi au théâtre.

Il faut convenir, qu'à n'apprécier le génie de Müllner que par les circonstances extérieures qui en signalèrent la manifestation, on pourrait être tenté de ratifier la sentence sévère prononcée sur lui par Bürger. Que penser, en effet, d'un jeune homme qui choisit pour premier objet de son enthousiasme poétique la génération de la courbe elliptique ? qu'une seule phrase de désapprobation, rendue imposante, il est vrai, par la plume qui l'avait tracée, suffit pour décourager, au point de le faire renoncer pendant long-tems à la poésie ? chez lequel la vocation dramatique ne s'éveille que dans sa trente-huitième année, à l'occasion d'un théâtre d'amateurs, d'une invitation à *remplir la soirée*, d'une question de droit pénal et d'un aphorisme de Sénèque ? Ne doit-on pas croire qu'il a cherché la poésie dans les combinaisons d'un style savant plus que dans les sources éternelles de la nature et du cœur humain ? Cependant, toutes ces impressions défavorables s'effacent à la lecture de *l'Expiation ;* et, si l'on ne trouve pas dans la vie de Müllner les traits qui caractérisent un grand poète, on ne peut du moins méconnaître ici une œuvre véritablement poétique. Ce n'est pas que l'art ne se fasse peut-être un peu trop sentir dans la contexture, et le travail du littérateur dans le langage ; ce n'est pas que le mathématicien ne se révèle encore par le rôle qu'il fait jouer au calendrier, et par l'influence qu'il lui attribue sur la destinée de ses héros ; mais le poète aussi se révèle, et là particulièrement où la critique a le plus trouvé matière à s'évertuer : on voit que nous voulons parler

---

(1) *The Guilt, or the Gipsey's Prophecy.*
(2) *Guilt, or the Anniversary, a tragedy, from the german of Adolphus* MÜLLNER.

de la fatalité sur laquelle Müllner a fondé le nœud de sa tragédie. «Cette fatalité, dit un critique allemand, basée sur
une superstition populaire bien éloignée de la vraie religion,
ne saurait remplacer pour les modernes le destin des anciens,
qui était pour eux un dogme tout puissant et sacré des croyances nationales.» Ceci nous semble parfaitement vrai : aussi
jugeons-nous qu'on a mal défendu l'auteur, et que l'auteur
s'est mal défendu lui-même en prétendant qu'il avait voulu
peindre les effets sur autrui d'un préjugé condamnable à ses
yeux : on n'excite point l'intérêt par une pensée pour laquelle
personne n'éprouve de sympathie. Pour se placer au juste
point de vue, il eût fallu plutôt examiner s'il n'est pas des
époques où les intelligences supérieures sont dominées, ac-
cablées involontairement par la pensée d'une destinée fatale,
de même qu'en d'autres tems elles se complaisent dans celle
d'un avenir appelé par leurs vœux et pressé par leurs travaux.
En effet, l'homme de génie, le grand artiste ne se séparent
jamais de l'idée d'un ordre général, d'un enchaînement dans
les faits de l'univers; le vulgaire seul croit au hasard, dont les
caprices apparens frappent ses sens grossiers. Mais, selon
l'aspect de la société, dont l'imagination de l'artiste est un
miroir animé, cette idée se conçoit et se réfléchit sous deux
formes diverses, l'ordre providentiel et l'ordre fatal. Si la
société lui présente le tableau d'un ensemble coordonné dans
toutes ses parties, d'une marche en commun vers un but dé-
fini et désiré, c'est la providence qui soumet l'humanité aux
lois éternelles d'un développement que celle-ci peut hâter par
ses efforts : cette doctrine d'espérance et d'activité donne à
la poésie le caractère de l'hymne qui exprime la louange et la
reconnaissance. Lorsqu'au contraire les yeux de l'artiste sont
affligés par le spectacle de déchiremens dont il ne saurait pré-
voir le terme; lorsqu'il voit le désordre de l'individualité
régner dans le domaine des croyances, c'est la fatalité aveu-
gle qui impose son joug d'airain sur l'univers; elle a tout
résolu pour l'homme irrévocablement; sa liberté d'action est
anéantie. Sous l'empire de cette doctrine d'inertie et de déses-

poir, qui heureusement n'est que la condition du passage vers un état meilleur, la poésie devient sombre ou ironique ; elle se plaît à retracer des scènes pénibles, à méditer la douleur, ou à poursuivre de sarcasmes tout ce que l'esprit humain est accoutumé a regarder comme sacré. C'est alors que l'on voit paraître les *Byron*, les *Gœthe*, et pourquoi ne dirions-nous pas aussi les *Lamartine*? C'est alors que les *Werner*, les *Müllner* conçoivent leur fatalisme. Le plus grand artiste, à certaines époques, est donc celui qui comprend le mieux la providence ; dans d'autres tems, c'est celui qui montre la fatalité sous son aspect le plus terrible. Il y aurait, sans doute, un artiste plus sublime encore ; ce serait celui qui, du sein de l'arnachie, oserait entrevoir pour l'avenir de l'humanité un ordre nouveau, une nouvelle unité, j'oserais presque dire, une nouvelle providence. Si une telle mission n'a pas été donnée aux Gœthe, aux Byron, elle ne pouvait appartenir à Müllner ; mais il fut ce que devait être, dans notre âge, une âme vive et impressionnable, une âme poétique ; il éprouva le besoin d'ordre, et ne le trouvant que dans la fatalité, il en peignit le pouvoir en gémissant. La complaisance, ingénieusement cruelle, avec laquelle il expose en détail et il analyse les plaies les plus douloureuses du cœur humain, n'est peut-être pas, chez Müllner, exempte d'affectation ; mais on ne saurait confondre une peinture déchirante, inspirée par un sentiment profond et sincère, avec ces tableaux fantasmagoriques où l'imagination seule entasse froidement horreur sur horreur, et ne parvient à inspirer que le dégoût. *L'Expiation* nous fait éprouver une sensation d'un tout autre genre ; il a fallu le génie du poète pour concevoir la situation de deux êtres toujours nobles, toujours grands, et qui, de momens en momens, voient surgir pour eux de nouveaux motifs de remords et de désespoir ; il a fallu tout le talent de l'écrivain pour intéresser le spectateur à ces deux coupables dont il prévoit la catastrophe, pour soutenir pendant quatre actes cette situation qui lui cause un serrement de cœur presque continuel sans le fatiguer. Dès les premières scènes, nous nous sentons

(13)

au milieu d'une atmosphère que troublent des souvenirs et des pressentimens funestes ; nous sentons que le passé a contracté des dettes que l'avenir doit solder ; nous sentons qu'un crime a été commis et que ses auteurs n'ont plus d'autre mission sur la terre que celle de l'expier : quelle sera cette expiation ? Voilà le but inconnu : il est prévu d'une manière à la fois vague et fatale ; c'est le comble de l'art. Némésis, mais une Némésis chrétienne, qui se révèle par la puissance morale, et non par une nécessité matérielle, fait partout sentir sa présence : elle punit les coupables en leur dévoilant peu à peu, avec une lenteur cruelle, toute l'énormité de leur faute : l'intelligence du spectacteur n'est éclairée que graduellement, en même tems que la leur, et ne saurait la devancer. A mesure que la dette s'accroit à leurs yeux, s'accroit aussi la grandeur du sacrifice exigé pour l'acquitter, jusqu'au moment où, accablés par son poids, ils n'ont plus besoin de se parler, ils s'entendent : la réconciliation ne peut être achetée qu'au prix de la vie. Lorsque tous les affreux mystères du passé sont éclaircis, Hugo respire plus librement : « Maintenant cela va bien, s'écrie-t-il, la flamme a brisé ses entraves ; elle s'est fait jour avec les paroles que j'ai prononcées. Tout est consumé, mais tout est tranquille. » Image poétique, qui peint l'état de son âme et caractérise le point culminant de l'intérêt tragique. Mais alors aussi s'éveille chez lui le sentiment profond qu'il ne saurait vivre avec le mal incurable qui dévore sa conscience. « Il n'est point de guérison pour mon mal, dit-il ; l'homme peut fixer dans sa mémoire tout ce qu'il veut ; mais oublier ce qu'il sait, en oublier une seule syllabe, cela n'est pas en sa puissance ; aucun médecin ne purifie la mémoire de la lèpre qui la souilla une fois. » Il va livrer sa tête coupable à la justice humaine ; cette exclamation de son père :

Veux-tu déshonorer mon nom ?

et ces paroles inspirées à sa sœur par la délicatesse de l'amour fraternel :

Non ! tu ne dois pas finir ainsi !

changent sa résolution ; il se donnera la mort de sa propre main.

Toute l'action de cette tragédie consiste dans la lutte que Hugo soutient contre sa conscience, et dans laquelle il doit succomber : son existence morale tout entière se développe aux yeux du spectateur. Aussi, la représentation de cette pièce est-elle généralement écoutée avec l'attention que l'on prêterait à la lecture d'un livre de psycologie : ce fait est un éloge pour l'auteur et pour le public auquel il s'adresse.

Voici l'opinion d'un critique allemand sur le mérite littéraire de *l'Expiation* : « On ne peut donner que des éloges à l'ordonnance et à l'emploi des matériaux : la révélation des motifs en lieu et en tems utile, la sage liaison de toutes les parties avec l'ensemble, la disposition des scènes qui se suivent de la manière la plus naturelle, la tendance de tous les détails au même but, le peu de durée de l'action, qui néanmoins se trouverait trop à l'étroit dans l'espace d'une seule soirée, le changement de lieu consistant uniquement dans le passage d'une salle à une autre dans le même château, et le petit nombre des personnages : tout cela prouve que l'auteur était parfaitement maître de son sujet et pouvait le plier à son gré pour le faire servir à l'expression de sa pensée. La concentration de tous les élémens qui établit l'unité du poëme favorise singulièrement son impression sur le spectateur. Le sujet d'ailleurs est essentiellement romantique, et sa mise en œuvre prouve assez combien est bornée la vue de ceux qui cherchent les attributs de ce genre dans un lâche assemblage de scènes, dans le rapprochement d'époques et de pays éloignés, dans la succession arbitraire des événemens. Que le fond soit de l'invention de l'auteur, ou emprunté au grand livre des romans espagnols, peu importe pour lui et pour son ouvrage. L'auteur d'*Alarcos* (1) a-t-il été blâmé pour avoir puisé à la même source ? »

Müllner assure ne devoir à personne la donnée de l'*Expia-*

____

(1) *Frédéric* Schlegel.

tion ; en effet, action extérieure et pensée intime, tout y porte le sceau de l'originalité, et l'on doit considérer comme un ennemi de l'auteur celui qui a pu voir en elle une *caricature* de *l'Adorationde la croix* (1) : le genre seul pourrait rappeler ce drame de Calderon. Nous trouvons dans la tragédie de Müllner toutes les qualités qui font estimer ses autres ouvrages, mais à un degré supérieur ; en première ligne, celles que signale le critique dont nous venons de rapporter les paroles ; l'habile enchaînement de la fable, l'art d'en présenter le sens moral de la manière la plus frappante, celui de ramener sans cesse par chaque détail au but de l'ensemble. Les caractères y sont dessinés d'une main ferme, et individualisés par des nuances qui attestent une étude approfondie du cœur humain ; le dialogue est riche de vues neuves et de réflexions pleines de sagacité sur les choses de la vie, réflexions qui, presque toujours empreintes des couleurs les plus sombres, prennent trop souvent un tour épigrammatique. Le monologue d'Hugo (acte IV, scène V) a eu les honneurs d'un parallèle avec celui d'Hamlet « Je serais fier, dit l'auteur à cette occasion, si je savais qu'un tel jugement sera répété dans trois cents ans ; mais, quand je relis les vers de Shakspeare, je sens qu'il n'y a rien dans les miens qui leur promette une si longue carrière. »

Le style de *l'Expiation,* dont la pureté est presque constamment sans reproche, se distingue par une énergie et une dignité exemptes d'enflure, par des images brillantes et un mouvement quelquefois lyrique. La pièce de Müllner est écrite en vers inégaux, tantôt rimés, tantôt sans rimes ; selon la situation d'esprit plus ou moins passionnée de chaque personnage, souvent aussi selon son caprice, il change le rythme et la mesure.

Nous n'entrerons pas dans le récit de sa fable ; on la connaît par la traduction de M. de Saint-Aulaire : elle n'est pas demeurée étrangère à quelques-uns de nos poètes dramatiques, et

---

(1) *La devocion de la cruz.*

peut-être a-t-elle inspiré à M. *Al. Guiraud* l'idée de l'*expiation* dans sa tragédie du *Comte Julien*. Müllner lui-même a traité plus tard, sous forme de narration, le même sujet (1) ; ce travail, dit-il, a été fort utile tant à lui qu'aux acteurs pour entrer plus profondément dans l'esprit de leurs rôles. Une dame, connue par quelques pièces de théâtre et surtout par des poésies lyriques estimées, parmi lesquelles se trouve une *ode sur la fondation de Marseille*, Mme *Thérèse d'Artner*, a eu l'idée de commenter la tragédie de Müllner par une autre tragédie fondée sur les faits qui servent d'exposition à la première, c'est-à-dire, sur le fratricide dont celle-ci peint *l'expiation*. Cette pièce, intitulée *l'Action* (die That), quoique très-romanesque et présentant d'une manière un peu longue ce qui est parfaitement raconté par Hugo lui-même dans l'ouvrage de Müllner, offre cependant des scènes d'un vif intérêt.

L'Expiation fut commencée et terminée pendant le mois d'octobre 1812 : elle fut représentée, pour la première fois, sur le théâtre de Vienne, au mois d'avril 1813, avec le plus éclatant succès ; celui qu'elle obtint à la lecture fut plus grand encore ; les éditions et les contrefaçons se multiplièrent en peu de tems. *Hugo* et *Elvire* devinrent les rôles favoris des acteurs à réputation dans leurs tournées habituelles pour visiter les différentes scènes de l'Allemagne, et l'on cite surtout avec admiration le jeu du célèbre Esslair, enlevé à l'art dramatique presque en même tems que notre Talma.

Après *l'Expiation*, à laquelle nous avons accordé une place qui va nous obliger à être fort courts sur les autres productions de l'auteur, Müllner composa trois comédies : *les Grands Enfans, le Coup de Foudre* (der Blitz) et *l'Onclerie*, ou *la Comédie française* (die Onkeley). Le titre de cette dernière pièce semble annoncer une parodie de nos œuvres comiques, ou du moins la critique d'un de leurs défauts : ce n'est pourtant qu'une imitation fort bien faite de la jolie pièce de M. Étienne : *Une Heure de Mariage*. Ces trois comédies, ainsi que les

---

(1) Voyez *Hugo und Elvire* dans ses *Œuvres diverses*.

précédentes, sont écrites en vers, avec une grande élégance de style.

Des tems héroïques venaient de s'écouler en Europe : la plume de Müllner voulut les retracer dans une composition où, cessant de suivre les traces de Calderon, il essaya de marcher sur celles de Shakespeare. *Yngurd,* tragédie publiée en 1817, présente la lutte de l'usurpation contre la légitimité, et succombant, bien moins sous les coups d'un ennemi qu'elle écrase par sa grandeur, que sous le poids de ses propres fautes. Les paroles suivantes, que l'auteur met dans la bouche de son héros, ne manquèrent pas sans doute d'être appréciées à cette époque : « Faites que je n'aie jamais porté la couronne de Norwège, et je la dépose entre vos mains. Cela vous semble difficile ? Trompez le tems, falsifiez l'histoire ; faites croire à tous ceux qui habitent la terre que tout ce qu'elle a vu, que tout ce qu'elle a dit d'Yngurd est une fable, un conte imaginé par les nourrices pour endormir les enfans. »

Müllner avait atteint, dans *l'Expiation,* l'apogée de son talent ; il demeura en arrière dans *Yngurd,* et plus encore dans *l'Albanaise,* tragédie composée en 1820, et qu'il annonça devoir être sa dernière production de ce genre. Ces deux ouvrages sont bien loin de manquer de mérite, surtout le premier ; mais on était en droit d'exiger davantage du poète qui avait débuté avec tant d'éclat dans une carrière où c'est déjà reculer que de ne plus faire de progrès. Müllner perdit quelque chose de la grande popularité dont il avait joui. Un homme aussi irascible dut en souffrir beaucoup ; mais, au lieu de cacher adroitement son déplaisir, il crut pouvoir conserver par la terreur l'empire qu'il avait acquis par le talent ; il saisit le fouet de la critique, et en frappa rudement quiconque lui faisait obstacle sur le chemin de la renommée. Ce moyen réussit pendant quelque tems ; il effraya ses adversaires : mais ceux-ci, bientôt, un à un, comme les grenouilles de la fable, osèrent contempler en face l'objet de leur épouvante, et s'enhardirent jusqu'à lui rendre coup pour coup. Alors, Müllner ne garda plus aucune mesure ; il se laissa emporter par la colère, et, tantôt sous le voile de l'anonyme, tantôt se cachant derrière des masques qui ne tardent jamais à s'user et n'inspirent ensuite que le mépris, il remplit les feuilletons littéraires de satires violentes, où le bon goût et l'esprit sont étouffés par l'amertume, mettant ainsi le public dans la confidence de ses perpétuelles discussions avec les gens de lettres, les journalistes, les censeurs, les libraires et les comédiens.

Mais jetons un voile sur ces faiblesses d'un beau talent ; oublions-les plutôt, en admirant le savoir et la sagacité qui règnent dans sa critique, lorsqu'elle se borne à être sévère sans injustice. La *Gazette du monde élégant*, la *Gazette littéraire de Halle*, la *Feuille du matin* (Morgenblatt), et la *Feuille de minuit* (Mitternachtsblatt), qui paraissait sous sa direction, contiennent de lui une foule d'articles saillans, particulièrement dans la sphère de la *dramaturgie*. Plusieurs compositions de longue haleine sur le même sujet ont été publiées séparément par Müllner ; nous ne citerons que les suivantes : *Du jeu sur les théâtres de société*, *Du vers et de la rime sur le théâtre*, un *Dictionnaire théâtral*, inséré dans ses *Œuvres diverses* dont le premier volume parut en 1824, et le second en 1826.

Ce même recueil contient un traité *de la propriété littéraire*, des *souvenirs* intéressans de la guerre de 1813, et quelques poésies fort remarquables, entr'autres : *Les patriotes au Parnasse*, persifflage spirituel des mœurs grossièrement militaires affectées à une certaine époque et que l'on regardait comme le germanisme pur ; *Luther*, pièce de vers pleine de vigueur et d'élévation ; *l'Éclipse de lune*, récit idyllique non moins distingué par sa grâce et sa fraîcheur.

La *Correspondance littéraire de Kotzebue, datée de l'autre monde* (1826), offre en même tems les matériaux d'une bonne appréciation de cet écrivain et sa défense contre des attaques injustes dont il avait été l'objet. Un journaliste allemand remarque, à l'occasion de cette correspondance, que Kotzebue est devenu infiniment plus libéral depuis qu'il habite l'autre monde ; mais, ajoute-il, on ne doit pas s'en étonner ; il aurait fort bien pu sans façon le redevenir encore une fois dans celui-ci. — Ces lettres sont des morceaux instructifs de critique littéraire.

Mes moutons et leurs bergers, drame historique en quatre actions (1828), est encore un des nombreux opuscules polémiques de l'auteur : les moutons sont ses ouvrages, les bergers sont ses libraires.

Lorsque Müllner est mort, on imprimait une collection de ses *Nouvelles*, qui attestent chez lui un talent d'un nouveau genre.

H. C.

IMPRIMERIE DE PLASSAN ET Cie, RUE DE VAUGIRARD, N° 15.